Enrico Pellegrino

Iris

Enrico Pellegrino

Iris

Eine Liebesgeschichte

Mit einem Nachwort von
Hartwig Struckmeyer

Claassen

Claassen
– solo –
3

Die Deutsche Bibliothek – CIP-Einheitsaufnahme

Pellegrino, Enrico:
Iris. Eine Liebesgeschichte / Enrico Pellegrino.
– Hildesheim: Claassen, 1993
(Claassen solo; 3)
ISBN 3-546-00049-8
NE: GT

Einbandgestaltung: Reinhard Fabian
Illustrationen: Enrico Pellegrino
Satz: Dörlemann Satz, Lemförde
Druck und Bindung: Ebner Ulm
Papier: M. Salzer's Söhne, A-St. Pölten
Printed in Germany
ISBN 3-546-0049-8

Gedruckt auf chlorfrei gebleichtem, säurefreiem Papier.

Iris, an die ich mich nicht erinnern kann,
deren Gesicht eine leere Stelle ist.
Iris, die nicht mehr am Morgen neben mir sitzt
und ihren Milchkaffee trinkt.
Iris, die mich verrückt macht.
Iris, die ich immer um mich haben möchte.
Iris, bei der mir alle Worte fehlen.
Iris' Augen, Iris' Lippen, Iris' Stimme, Iris'
Lachen.
Iris ist Paris. Warum wacht Paris nicht am
Morgen auf und fragt: Wo ist Iris?

Unter den Bauten von Paris gibt es nur wenige, die noch nicht von Touristen in Besitz genommen sind, über die sie keine Meinungen ausgetauscht und die sie nicht mit den Fotografien ihrer Kunstbände verglichen hätten. Jeder Ort ist schon begangen und besprochen worden, von heute an durch viele Jahre hindurch in die Vergangenheit bis zu den Anfängen dieser Stadt.

Wer die schon längst verfallenen Gebäude noch genauso vor Augen hätte wie die gegenwärtigen und sie ineinander verwoben sähe, ohne daß sie einander bedrängten – wer genauso auch alle Menschen in diesen Straßen beobachten könnte, die immer gleichen Orte einmal von Passanten zu Fuß mit den Handkarren, dann von Kutschen und schließlich von Bussen bevölkert sähe, und dies alles so ineinander verwoben wie das Blau des Himmels mit dem Grün des Laubes der Bäume, wenn man auf dem Rücken liegt und mit halbgeschlossenen Augen in die Höhe sieht, der würde keine Unterschiede machen, einem Nieselregen gleich alles durchdringen und in sich aufnehmen, alles in tausend Tropfen auffächern und sie zerspringen lassen, alles immer wieder neu vermengen zu dem einen Bild, das alles spiegelt, deutlicher als alle Worte es könnten. Wer dies sähe, verstummte wohl, wenn er vorher nicht schon stumm gewesen wäre.

Schattenrisse zögen hastig vor dem grellen Weiß eines Sonnenscheins vorbei, der sich zwischen die Häuserwände legt und sich in den Fenstern spiegelt, der auf dem Wasser der Seine glitzert und die Steine der Brücken zum Dampfen bringt. Zu einem einzigen langen Sommer zieht sich die ganze Zeit zusammen, die kalten und grauen Tage verschwinden in dem Sog der Hitze, und die Bewegungen erlöschen in einem lahmen Taumel. Am Ende der Geschichten spannt sich das Blau des Sommers über die Stadt und ruht sich auf ihr aus; faul, gemächlich, träumerisch und satt füllt es die von Tauben bevölkerten Lüfte, dringt durch die Rosette von Notre-Dame, schwimmt um die Porträtmaler von Sacré-Coeur, umweht die Eisengestänge des Centre Pompidou, streicht über die alten Kanonen im Invalidenhof und verschwindet endlich lautlos im Laub eines Freskos von Delacroix in St. Sulpice. –

Iris war die Tochter eines Professors, und das suchte sie zu verbergen. In ihr verbanden sich Schweigsamkeit und die naive Art eines sehr jungen Mädchens. Sie war einundzwanzig, nachdenklich und verspielt, alt und jung zugleich: Alt war sie, wenn sie in die Leere schaute und sich ihre schmalen Gesichtszüge in vollere und rundere Linien verwandelten, der Blick dunkel und unerklärlich wurde – jung war ihr eigentliches und nach außen getragenes Wesen, besonders wenn sie plötzlich lachte oder mit einem leichten Schritt durch die Flure der Universität ging und ihre zu einem Zopf zusammengebundenen, langen braunen Haare auf ihrem Rücken wippten.

Ihr Oberkörper beugte sich nach vorne, was ihr durch das zusätzliche Schaukeln einen jungenhaften Zug gab und den Eindruck vermittelte, daß sie es immer eilig habe.

Gleichgültig wo und zu welchem Zweck sie an einem Tisch saß, begann sie, wenn sie gerade nicht sprach und sich unbeobachtet fühlte, mit den oberen Schneidezähnen auf der Unterlippe zu kauen, ihre Augenlider schlossen sich halb, und sie starrte vor sich auf den Tisch, sehr ernst und sehr still.

Cecil war Sohn eines aus Italien stammenden Kellners und einer deutschen Mutter und suchte das nicht zu verbergen, trug es manchmal vielmehr mit einer arroganten Miene stolz vor, kokettierte mit seiner Herkunft aus dem Milieu von Arbeitern – obwohl er selbst von dieser Art Arbeit nur einige Schichten im Hafen erlebt hatte. Die waren ihm so eindrucksvoll und abschrekkend im Gedächtnis geblieben, daß er jedem, den er besser kannte, seine Erlebnisse erzählte:

»Meine Zeit im Hafen, bei den Containern und sechzig Kilo schweren Kaffeesäcken; ich kenne die Leute da –« Und dabei war er nach der dritten Schicht nie wieder dort erschienen, hatte noch nicht einmal seine Lohnsteuerkarte abgeholt, hatte einfach diesem Ort den Rücken gekehrt, ohne jedoch die bedrückende Erinnerung zu verlieren: die geschwollenen Hände, das ölverschmierte Gesicht und die schmerzenden

Glieder, die fluchenden Arbeiter in den finsteren Laderäumen der Schiffsbäuche.

Cecils äußere Erscheinung stand in einem auffälligen Gegensatz zu dem Leben, das er führte und den Gedanken, die sich bei ihm eingenistet hatten – absonderliche Höhenflüge mit bisweilen größenwahnsinnigen Dimensionen und ebensolchen Stürzen aus diesen Höhen; und vielleicht war diese äußere Erscheinung zunächst einmal das, was Iris zu ihm hinzog: seine Haare waren zu einem sauberen Seitenscheitel gekämmt, und sein Gesicht war, obwohl etwas länglich, in leicht kantigen Linien geschnitten.

Im Winter lief er in einem auberginefarbenen, in der Taille enggeschnittenen, langen, völlig unmodischen Mantel mit Vatermördern durch die Straßen – eine inszenierte Erscheinung, die für ihn zu seinen Lieblingsfiguren aus Romanen von Dostojewski paßte. Im Frühling jedoch, zu der Zeit, als Cecil und Iris einander kennenlernten, trug er weiße Hosen und kurzärmelige, blaugeblümte Hemden und verstand es, sein Kinn so in die Hand zu legen, daß er in dieser Geste meist sehr gewichtig und philosophisch aussah, aber gerade auch so geistesabwesend, daß man ihm abnehmen konnte, daß er diese Haltung nicht nur spielte, sondern daß er auch wirklich nachdachte.

In eben dieser Haltung sah Iris Cecil zum erstenmal, und sie blickte ihn eine lange Zeit an, bis sie bemerkte, daß er aus seiner Pose erwacht war und ihren Blick erwiderte. Sie war ruhig genug, erst einen Augenblick zu warten, bevor sie woanders hinsah und dem Ganzen so (zumindest ihrer Meinung nach) den Anschein eines unbedeutenden Zufalls verlieh.

Eine Liebe gründet sich oft auf Mißverständnisse. Dabei liegen die Vermutungen und Vorstellungen über den jeweils anderen der beiden Beteiligten immer nur ganz knapp neben der Wirklichkeit, jedenfalls am Anfang. Je weiter die Geschichte voranschreitet, desto weiter verzweigen sich die Vorstellungen, die aus dieser kleinen Unregelmäßigkeit erwachsen, bis sie endlich alles umfassen, alles erklären und nichts mehr ausschließen. Meist enden an diesem Punkt die Geschichten auch, weil sie nichts von dem einlösen können, was sie aus diesen Erwartungen heraus prophezeien.

Und doch: Jeder der Verliebten weiß sofort Bescheid, egal wie weit die Verliebtheit reicht. Der Fortgang der Geschichte zeichnet sich im ersten Blick, im ersten Wortwechsel und in der ersten noch so vorsichtigen Berührung ab. Auch wenn es in den Köpfen noch nicht ganz ausformuliert ist, so entsteht das Bild des Zukünftigen doch erstaunlich deutlich in diesen ersten Augenblicken. Wie weit gegenseitige Sympathie auch reicht, schon in diesem Anfang ist ein inneres Wort gesagt, das entweder ›Nein‹ oder ›Ja‹ bedeutet. Ist es einmal gesagt, beharrt es auf seinem Recht, und jede Freiheit hat sich verabschiedet. Ein ›Vielleicht‹ gibt es nicht. Nie.

Cecil fühlte sich nach den ersten Blicken wie ein Gefangener, der seiner eigenen Tat zusieht, die zu seiner Verhaftung führt. Er war nur noch Beteiligter und nur noch insofern frei, als er immer in seinem Inneren wiederholen konnte: Schau nicht hin, schau nicht hin, sieh um Himmels Willen nicht hin, du weißt ja, wie es endet!

Das Moment der Komik ist in diesen ersten Augenblicken immer, mit welcher blinden Zufälligkeit die Ausgangssituationen und die damit verbundenen Vorstellungen der beiden Verliebten gesetzt sind und wie wenig Veränderung in dieser ›Versuchsanordnung‹ ausreicht, um alles über den Haufen zu werfen. Das Mißverständnis, das zu der Geschichte führte, wäre ausgeräumt gewesen, wenn Cecil seine Haare nicht so ordentlich gekämmt und sein Kinn nicht so in die Hand gestützt und wenn Iris einen Augenblick früher wieder zurück zum Professor gesehen hätte. Es wäre nichts geschehen, auf beiden Seiten wäre jeder Zweifel und jedes Traumgebilde über den anderen auf das rechte Maß zurechtgestutzt, und der Boden für die weitverzweigten Hoffnungsranken Liebe wäre gleich am Anfang vertrocknet.

Das Seminar, in dem Cecil und Iris saßen, hatte das Thema: ›Paris um 1900‹, und Cecil nahm nur deshalb daran teil, weil er noch einen Schein in Kunstwissenschaft benötigte. Gleich in der ersten Sitzung, die er zunächst nur unverbindlich besuchen wollte, wurde eine Liste herumgereicht, in die sich alle eintragen sollten, die am Seminar und an der daran anschließen-

den Exkursion nach Paris teilnehmen wollten. Er schrieb sich ein, ohne zu vermuten, daß er ausgelost würde, und so war er ein wenig verwundert, als der Professor, ein untersetzter, kleiner Mann mit kurzem Haar, seinen Namen vorlas.

Auf dem Weg von der weißen Wand, auf die Dias projiziert wurden, zurück zum Professor über die Studenten an den Tischen hinweg blieben Cecils Blicke von nun an, nachdem er im Halbschlaf das vermeintliche erste Signal wahrgenommen hatte, immer wieder auf Iris ruhen und, als er es aufgegeben hatte, sich dagegen zu wehren, redete er sich ein, daß sie sowieso unerreichbar sei und daß es deshalb, wenn man ihren Anblick verschmähte, das gleiche sei, als verzichte man freiwillig darauf, die Sterne anzusehen, nur weil man sie nicht einstecken und mitnehmen könnte.

Auf der Wand erschienen überladene, riesige Ölbilder von Makart, zwischen herrschaftlich gekleideten Adligen, die die Treppen hinunterpromenierten, verbreiteten Kerzenlichter ein Flackern; sanfte, blaugrüne Wasserwände von Monet mit dazwischengleitenden Seerosen; brennende und wogende Weizenfelder mit von Raben bevölkerten Himmeln von van Gogh; bucklige und kantige Figuren von Rodin mit Rundungen und Vertiefungen und schließlich der Denkende von Rodin, sein Kinn in die Hand gestützt, und immer wenn Cecils Blick zurück zum Referenten über die Tische glitt, nahm er dies als Vorwand, Iris anzusehen. Er gewöhnte sich an das sanfte, halbdämmrige Dunkel des Seminarraumes und an die Bilder, Skulpturen und Vorträge und an den Anblick von Iris, so daß es ihm zu einem Bild gerann, das nicht auseinanderfiel, zu einem Tagtraum, der immer erst dann endete, wenn die Vorhänge wieder aufgezogen wurden und an der Tür, noch bevor er aufstehen konnte, ein Pferdeschwanz auf einem Rücken wippte und verschwand, die heiße Frühlingssonne auf die weißen und glatten Tische fiel und er betäubt die Treppe hinunterging und mit seinem Fahrrad durch den Park nach Hause fuhr.

Iris hielt in einer dieser Sitzungen ein Referat über Pissarro – an eben diesem Tag hielt auch Cecil seines über Monet, und sie setzte sich neben ihn, was die Wirkung hatte, daß er nur noch geradeaus schauen konnte und immer noch einmal nachfragen mußte, wenn Iris ihn etwas fragte, so sehr beeinträchtigte sie die Funktion seines Gehöres. Er wagte sich kaum zu bewegen und glaubte, daß alle Teilnehmer des Seminares ihm zwangsläufig, wenn schon nicht seine Nervosität, so doch wenigstens seine übertriebene Steifheit ansahen und ihn deshalb musterten. Unheimlich, daß sie wirklich neben ihm saß.

Iris hielt ihr Referat wie ein Mädchen, das sich noch nicht entschieden hatte, ob sie nun eine Schülerin oder eine der Wissenschaft zugetane Studentin sei, bemüht, ausführlich, ein ausformuliertes zehnseitiges Werk mit Schreibmaschine abgetippt vor sich auf dem Tisch, den Lebenslauf des Künstlers beschreibend, die Daten, die Orte, ihre Auffassung von den Bildern – und endete schließlich: ». . . und deshalb genoß er innerhalb der Impressionisten so etwas wie eine Vaterrolle, weil er nicht nur der älteste der Gruppe war und immer zum bleibenden Kern gehörte, sondern auch nicht zuletzt wegen seines langen Bartes . . .«

Selbst Cecil konnte ein Lachen nicht unterdrücken, er wußte nicht, ob sie es als Spaß oder im Ernst gesagt hatte, tendierte allerdings zum letzteren.

Professor Bode ordnete das Referat im ersten Kommentar als ein lehrreiches Beispiel der Auffassung von Künstlern im 19. Jahrhundert ein, das es heutzutage gerade zu hinterfragen gelte – und er konnte nicht lassen, auf die Pointe mit dem Bart einzugehen: »Bis dahin eben, den weißen Bart zu entmystifizieren.«

Iris blieb stumm, nichts war ihr anzumerken, und Cecil wußte nicht, was er lieber getan hätte, sich vorsichtig von ihr wegsetzen oder ihr ganz leicht auf die Schulter zu klopfen.

Cecil hatte sein Referat eigentlich gar nicht recht vorbereitet, er war am Tag davor in die Bibliothek gegangen und hatte einige knappe Sätze auf kleine viereckige Zettel geschrieben, die dafür da waren, die Nummern der Bücher zu notieren.

Am Ende seines Referates stritt er sich mit Professor Bode und nahm Matisse für Monet als Zeugen, um ihn der Kritik zu entziehen, seine Malerei sei zu dekorativ.

Iris fragte ihn am Ende etwas, er hatte es wieder nicht verstanden, mußte wieder nachfragen und wußte dann doch keine genaue Antwort (es handelte sich um den Preis für die Fahrt), statt dessen brachte er die Dias, die er in das Kästchen einordnete, durcheinander und traute sich nicht, Iris aus einer so großen Nähe in die Augen zu sehen, so daß er wieder nur ihren Rücken mit dem Zopf aus der Tür gehen sah.

Nicht genug damit, Cecil mit dem zu lange erwiderten Blick auf eine falsche Fährte gelockt zu haben, trieb Iris ihr Spiel weiter – genau über die Linie, die Cecil noch nicht überschritten sah: der erste tastende Schritt ihrerseits, der ihm bedeuten sollte, daß die Tore geöffnet, die Spielregeln sozusagen nach Plan eingehalten würden. Als er an einem Nachmittag von einem Spaziergang nach Hause kam, sagte ihm eine Mitbewohnerin, ein Mädchen habe aus dem Paris-Seminar angerufen. Sie säße zusammen mit ihr im Deutschseminar, habe von der Parisfahrt gesprochen und die Telefonnummer verlangt, als sie erfuhr, daß Cecil hier wohne, weil sie die Abfahrtszeit nicht mehr genau wüßte. Sie riefe später noch einmal an.

Sie will die Nummer haben, wiederholte Cecil in Gedanken, während er äußerlich ruhig blieb, nur »Aha« sagte und in seinem Zimmer verschwand, es war ein Zufall, sie will die Abfahrtszeiten wissen, sie ruft wieder an, sie ruft hier bei mir an und wird mit mir sprechen! Natürlich, das geht schon ziemlich weit, das kann man nicht mehr mit einem Zufall abtun ... natürlich, sie könnte jeden anderen Menschen anrufen und sich nach der Abfahrtszeit erkundigen, warum will sie jetzt von mir etwas über die Fahrt wissen? Wir fahren doch erst in zwei Wochen und treffen uns vorher noch einmal. Natürlich, da geht etwas vor sich ... Er öffnete die Tür und fragte noch einmal nach, ob sie sich nicht getäuscht habe und stieß leise verzückte Schreie in seinem Zimmer aus, nachdem sie ihm versicherte, daß sie sich nicht getäuscht habe.

Er verließ mehrere Stunden nicht das Haus, stellte das Telefon in sein Zimmer, betrachtete es und fand heraus, daß es, je länger es unerbittlich still blieb, eine erstaunliche Ähnlichkeit mit einem Dämon annahm. Als er eine feste Verabredung nicht länger hinausschieben konnte, schrieb er einen ausführlichen Zettel, auf dem die Abfahrtszeiten und die Adresse des Hotels standen, gab ihn seiner Mitbewohnerin und schärfte ihr mehrere Male ein, schöne Grüße zu bestellen, und daß es ihm wirklich leid tue, nicht persönlich mit ihr sprechen zu können.

»Hat sie angerufen?« fragte er, als er wieder da war.

»Ja. Sie bedankt sich.«

Sie hat hier angerufen! dachte Cecil, ging in sein Zimmer und sah den Zettel mit den Abfahrtszeiten an, als schaffe er ihm eine geheime Verbindung zu Iris. Er las ihn sich laut und wie betäubt wieder und wieder vor, ließ die ganze Nacht eine Schallplatte von Prince laufen, starrte auf die

Decke, schaltete von Zeit zu Zeit das Licht an, um auf den Zettel zu sehen und daran zu denken, daß Iris zweimal bei ihm angerufen, auch wenn sie ihn nicht gesprochen hatte. Er wurde nicht müde, schlief erst am Morgen ein und wachte auf, als ihm im Halbdämmer einfiel, daß er nach Paris fahren würde – mit Iris.

Liebesgeschichten entwickeln im weiteren Verlauf zusätzlich zu den Wahnvorstellungen, die sie einpflanzen, eine Art Gefräßigkeit an unwahrscheinlichen Zusammentreffen und Konstellationen, die es allen Beteiligten erleichtern, den rosigen Irrsinn, in dem sie sich befinden, eine immer festere Verankerung mit der Realität zu geben, dazu können ihnen alle, und seien es die banalsten Begebenheiten, dienlich und nützlich sein. Ein Telefonanruf gehört zum Plan des Schicksals. Ein Gruß ist eine süße Verlockung, das Haar, das sie heute offen trägt, wo sie es noch gestern gebunden hatte, wird zu einem weiteren Schritt auf dem Weg zu einer sich alles gewiß seienden Liebe, und nichts kann mehr ausgeschlossen werden.

Fatal ist die enge Verknüpfung von Traum und Wirklichkeit, die es den Unbeteiligten im Grunde unmöglich macht, die Verliebten mit Vernunft zu erreichen, denn von einem Tag auf den anderen ist die Welt für sie eine andere. Es ereignen sich Dinge, die nur sie wahrnehmen.

Cecil saß auf den Treppen des Bahnhofes und beobachtete, wie Iris aus einem Taxi stieg, ihre Tasche schulterte und mit ihrem nach vorne gebeugten Oberkörper lächelnd auf ihn zukam. Sie saßen nebeneinander auf den Steinstufen, und Cecil fühlte ihre Nähe schon wie eine vertraute Freundschaft, die gerade soviel Zeit zum Reifen gehabt hatte und noch gerade soviel Zukunft, daß man von ihr sagen konnte, daß sie sich auf dem Höhepunkt befand – er wunderte sich, daß er plötzlich mit ihr sprechen konnte, und empfand es als eine leichte Unverschämtheit, daß sie sich etwa zwei Minuten mit einem Jungen unterhielt, der gerade vorüberlief.

Er entdeckte, während sie dort neben ihm saß, daß sie eine Kette mit kleinen blauen Holzkügelchen um den Hals trug, einen Messingarmreif am rechten Handgelenk und eine schwarze kleine Armbanduhr am linken, daß sie schmale, zarte Schultern hatte, die sie manchmal nach oben zog, und ein unglaubliches Lachen.

Sie stiegen mit den anderen in den Zug, und Cecil wußte, daß er eine Woche vor sich hatte, die nicht in Tage und Stunden und Minuten zu zählen war, sondern deren Stundenschlag einer anderen Uhr zugehörte, deren Zeiger um eine andere Zeit kreisten.

Wegen eines Mißverständnisses (denn etwas anderes konnte es nicht sein, dachte Cecil) saßen Cecil und Iris im Zug zunächst nicht zusammen – sie konnte den Rauch von Zigaretten nicht ertragen, und da er sich schon einen Platz ausgesucht hatte, konnte er schlecht seinen Koffer wieder herunterholen, zum Abteil, in dem Iris saß, hinübergehen, ihren Sitznachbarn bitten, das Abteil zu wechseln, um sich selbst neben sie zu setzen. Es war ihm Wunder genug, daß genau die Iris, die bei ihm angerufen und eben noch neben ihm auf den Bahnhofstreppen gesessen hatte, im nächsten Abteil war, ganz in seiner Nähe.

Manchmal kamen zwei Mädchen vorbei, rauchten auf den Klappstühlen im Flur mit dicken, sinnlichen Lippen Zigaretten, wobei die eine Cecil begierig von oben bis unten musterte. Er bemerkte das und vertiefte sich demonstrativ in sein Buch. Waren sie gegangen, sah er aus dem Fenster auf die in der Dämmerung liegende vorbeifliegende Landschaft und wunderte sich.

Sie mußten einmal umsteigen, in den Zug, in dem Liegeplätze für die ganze Gruppe reserviert waren, und Cecil ließ auf dem Bahnhof den Abstand zwischen sich und Iris nie größer als einige Meter werden, so daß er im Zug ganz selbstverständlich in ihr Abteil kam. Sie saßen zu sechst, und während aus Plastiktüten und kleinen Täschchen Weinflaschen, Käse und Äpfel hervorgezogen wurden und der Zug sich in Bewegung setzte, fiel Cecil auf, daß er, kaum daß er sein Gesicht für einen Augenblick von Iris abwandte, ihr Bild nicht mehr zusammensetzen konnte. Statt eines Ganzen sah er Fragmente: ihre Augen, eine Schulterlinie, einen Finger und selbst die nicht deutlich. So drehte er sich wieder zu ihr hin, aber nie konnte er sie ganz ansehen. Das wäre alles, so dachte er, sie einfach nur ganz ansehen können.

Neben ihm saß Phil – ein Kunstlehrer, der

sich hatte beurlauben lassen, um wieder einige Semester zu studieren. Er hatte kurzgeschorenes Haar, das ihm Ähnlichkeit mit einem Igel gab, ein Stoffband am Handgelenk und eine große Nase – wäre die nicht gewesen, Cecil hätte ihn mit seinem Onkel in Italien verwechseln können. Seine Art, die Weinflaschen zu öffnen und fürsorglich herumzureichen, hatte immer etwas von einem jugendlichen, freundschaftlichen Schulterschlag, ja, er benahm sich so, als wären die Studenten seine Schüler und Freunde und als wäre die Exkursion eine Abiturientenabschlußfahrt und er der Lehrer, einer, der in seiner Seele immer noch ein neunzehnjähriger Schüler geblieben war. Ihm war anzumerken, daß er instinktiv den Platz unter seinesgleichen gesucht und gefunden hatte: in einer Runde von jungen, braungebrannten und lebensfreudigen Menschen, die stets von ihm einen Witz erwarteten und bekamen. Und diese Anekdoten, Geschichtchen und Witze erzählte er gekonnt und unterhaltsam, niemals aufdringlich, seine Sprache war jung, seine Augen waren jung, seine Bewegungen waren jung, und trotzdem hatte seine Jugendlichkeit Methode, über die er, so schien es Cecil, Bescheid wußte und die er deshalb ausspielte. Es war seine Lebensphilosophie.

Neben Phil saß Hugo – Cecil hatte die beiden Bücher, die er auf die Reise mitgenommen hatte, an das Fenster gelegt: Den Sommernachtstraum und den Zarathustra, und das erste, was Hugo sagte, als er es sich auf seinem Platz bequem machte und die Bücher entdeckt hatte, war: »Shakespeare! In der Reclam-Ausgabe? O, die Übersetzung ist nicht so gut. Du solltest die von Fried lesen. Ja, Shakespeare – ich habe ihn schon gelesen, als ich nur die Hälfte verstand; aber wenn ich ihn heute wieder lese, sind mir die Figuren ganz vertraut. Ich habe sie mir . . .« Er suchte nach einem Wort, strich mit einer eleganten Bewegung seinen Seitenscheitel zurecht und sagte: »Ja, ich habe sie mir anverwandelt! Es ist so, als ob sie wie gute alte Bekannte um mich herum lebten.«

»Ganz schön überspannt«, sagte Phil ohne Vorwurf.

Hugo war ein dicker, immer mit weißen Hemden bekleideter Barock- Mensch, der ins falsche Jahrhundert gerutscht war. Seine glattrasierten Wangen und die fein gefeilten Fingernägel an den blassen Händen, das lockere, blonde Haar und die weit ausholenden Bewegungen seines trotz aller Fülle leicht erscheinenden Körpers verrieten sein Dandytum und seine Selbstverliebtheit.

Cecil, Phil und Hugo gegenüber saßen die beiden Mädchen, die Cecil schon im anderen Zug auf dem Flur beim Rauchen gemustert hatten. Sie bemühten sich, ihre breiten Lippen zu spitzen, sie zu schürzen und dabei graziös ihre Hände auf die Knie zu legen, um sinnlicher zu wirken, aber das war kaum noch möglich, so sehr stimmte alles an ihnen: die engen Jeans, die goldenen Ohrringe, die breiten Gürtel um ihre Hüften und das aufgesteckte Haar, aus dem einige Strähnen gerade an den richtigen Stellen so über das Gesicht hingen, daß es ›sexy‹ wirkte. Cecil beobachtete das Glitzern in ihren Augen und stieß mit ihnen an.

Sie redeten über Nichtigkeiten, und Cecil verstand von all dem, was sie sagten wenig, nur wenn Iris sprach, richtete er sich auf, sah sie angespannt an, hing dann aber zu sehr an ihren Lippen und dem Ausdruck, den ihr Gesicht beim Sprechen annahm, als daß er verstehen konnte, was sie sagte, so daß der Mund für ihn stumm blieb – bis in die Nacht hinein, als die Betten im Abteil hochgeklappt wurden und sich alle zum Schlafen legten.

Und dann unfaßbar der Augenblick, als Iris in leicht über ihrer Schulter hängendem Unterhemd vor ihm stand, angeheitert durch den Wein ihm eine Gute Nacht wünschte, mit bloßen Beinen hinauf in ihr Bett kletterte und sich mit einer leichten Bewegung das weiße Laken bis an den Hals zog, während Cecil ihr gegenüber auf der anderen Seite im Rausch die Augen zusammenkniff und wieder öffnete, um zu prüfen, ob er nicht schon träumte. Der Zug rumpelte durch die Nacht, und die Nacht tauchte das Abteil in ein blaues Licht, in dem Cecil wach lag und auf das Gesicht von Iris starrte, die Nasenlinie, den Haaransatz und das Kinn.

Sie bewegte sich nicht. Die ganze Nacht über war ihr Gesicht nach oben gewandt, und Cecil hoffte in den Stunden, die er so wachte, daß viel-

leicht auch sie die Augen geöffnet hielt und über diese Nacht nachdachte, diese blaue Nacht.

Am Morgen fuhren sie durch die Vorstädte von Paris; graubraune Fabrikanlagen und Stahlbrücken zogen im Nebel an ihnen vorüber, kleine Häuser mit grünen Fensterläden und eintönige Wohnsiedlungen.

Iris hatte sich nicht bewegt, erwachte, wie sie eingeschlafen war, und Cecil stand mit brennenden Augen und zerzausten Haaren auf, als der Schaffner herein kam und sagte, daß sie in einer halben Stunde da seien.

Den Gare De L'Est mit dem Gewimmel der vielen Menschen und dem ersten Blick auf die Straßen davor, auf denen unter einer sommerlichen Sonne eine unerträgliche Hitze lastete, nahm Cecil nur aus den Augenwinkeln wahr, so fest heftete er seinen Blick auf Iris – und ermutigt durch die Gespräche auf dem Bahnhof, als sie abfuhren, bat er sie um Metrofahrkarten, die sie schon gekauft hatte und die sie ihm gab – eine Geste, von der er zweifelte, ob sie nicht zu aufdringlich war – hier begann schon das fein gesponnene Gewebe erste, zitternde Risse zu bekommen, die plötzlich ebenso tief reichten wie die Hoffnungen und seeligen Glückszustände zuvor: Hat sie mir die Karte nur so gegeben? Nur so nebenbei? Warum mußte ich sie erst fragen? Hätte ich nicht im letzten Augenblick, bevor sie durch die Schranke eilte – warum hatte sie es so eilig? – etwas gesagt, sie hätte mir keine Karte gegeben.

Der Irrsinn breitete sich ohne Widerstände in allen Richtungen in Cecils Kopf aus und hatte schon alle seine Sinne unter die Fittiche genommen, färbte sie mit den ihm eigenen Farben ein, im schnellen Wechsel von leuchtendem Gelb und dumpfem Schwarz.

Sie fuhren zu dem kleinen Hotel, in dem sie untergebracht waren, und Cecil nahm zusammen mit Phil ein Zimmer: ein Vorgang, der vorhersagbar gewesen wäre, wenn man die Geschichte von Cecil genauer kennt. Soweit er zurückdenken konnte, war er mit Älteren zusammengewesen, und das hatte ihm wohl auch diese merkwürdige Bedächtigkeit gegeben, die ihren sichtbaren Ausdruck darin fand, daß er so oft sein Kinn nachdenklich in die Hand stützte. Gleichzeitig hatte es die jugendlichen Brandungen in eng umgrenzte Räume gesperrt, so daß sie nur selten nach außen brachen. Cecil konnte sich an keine Zeiten erinnern, in denen er im trunkenen Zustand mit einem Mädchen auf einer Fête in einem Sessel gesessen und die Arme um sie geschlungen hätte, konnte sich nicht erinnern, nächtelang von zu Hause weggeblieben oder mit zwanzig Mark in der Tasche wer weiß wohin getrampt zu sein – doch all dies wogte in ihm, verborgen nur, sichtbar allein an dem Korsarenmantel, den er im Winter anzog, dem grimmigen und entschlossenen Blick und in seiner Verschlossenheit, die er nach außen hin zeigte.

Da ihre Zimmer noch nicht hergerichtet waren und es im Flur neben der Anmeldung nur eine kleine Toilette mit einem Waschbecken gab, verzögerte sich der Beginn der Wanderung durch die Stadt, weil sie in einer langen Schlange anstehen mußten: Professor Bode war bekannt dafür, in seinen Exkursionen kein Erbarmen zu zeigen und sie zu alles anderem als zu Urlaubsspaziergängen werden zu lassen. Er sagte, daß sie sich frisch machen (das hieß: kurz etwas Wasser vom Waschbecken neben dem Klosett ins Gesicht zu schütten) und dann irgendwo in einem Café etwas zu sich nehmen könnten, um sich in etwa eineinhalb Stunden an der Notre-Dame einzufinden, wo er mit seiner Einführung beginnen würde.

Iris sah um sich und fand in ihrer Nähe Cecil, und sie konnte nicht sagen, daß es ihr unangenehm gewesen wäre, immer öfter zwar ertappte sie sich dabei, wie sie in einer raschen Bewegung sich umwandte und nach Cecil Ausschau hielt: aber sie dachte sich nichts dabei, sie ging mit ihrem schaukelnden Gang durch die Straßen von Paris wie zum ersten Mal und sah Cecil in die Augen, als ob sie mit ihrem Bruder dahinschlenderte. Ihre ernste und nachdenkliche Seite wich der unbeschwerten, leichten, ohne daß sie es bemerkte. Wenn sie Cecil ansah, hatte sie das Bedürfnis, ihn ein wenig zu trösten, ein paar Worte mit ihm zu wechseln, ja, auch ihn an die Hand zu nehmen und ein Weilchen mit ihm umherzugehen; einen so ernsten und der Welt entrückten Gesichtsausdruck hatte sie lange nicht gesehen. Und ohne daß sie sich Rechenschaft darüber gab, unterließ sie in Cecils Gegenwart ihre Angewohnheit, auf den Lippen zu kauen, sondern lächelte eher und zog dabei ihre Schultern hoch.

In der Zeit, die bis zum Treffpunkt blieb, spazierten beide über die Brücke der Seine und gelangten zu einem Vogelmarkt ganz in der Nähe der Notre-Dame. Cecil stand vor den Käfigen und machte das Tschilpen der Vögel nach, wies Iris auf den einen der ihm unwahrscheinlich klein vorkommenden blauen Vögel hin und fragte, ob ihr ein Name für die Vögel einfiele, der berücksichtige, wie klein und zart sie seien.

»Sie sind so klein, so furchtbar klein«, sagte Cecil und zeigte zwischen die Gitterstäbe hindurch, »kannst du dir vorstellen, daß in diesen Körpern Adern, eine Lunge und ein Herz sind? Und sie können fliegen! Unvorstellbar!«

Iris mußte lachen: »Schon, schon, aber darüber macht man sich doch keine Gedanken – normalerweise.«

»Findest du mich nicht normal?« fragte Cecil und blieb abrupt zwischen all den lärmenden Vögeln in den unzähligen Käfigen stehen.

Deshalb vermutete ein Verkäufer, daß er ein Tier kaufen wollte und pries ihm das eine und das andere an.

Als sie auf dem Weg zur Notre-Dame wieder die Seine überquerten, verglich Cecil im Gespräch mit Iris die verschiedenen Stadtansichten mit Bildern der Impressionisten – alles komme ihm vertraut und bekannt vor, als ob es umgekehrt wäre, als wären nicht zuerst die Häuser und Brücken und dieses Licht dagewesen und vor hundert Jahren von Künstlern zu Bildern gemacht worden, sondern als wenn gerade eben nach diesen Gemälden die Stadt erbaut worden wäre.

»Schon das Licht ist ein ganz anderes als bei uns. Das Licht, verstehst du? Ich begreife jetzt jedenfalls, warum der Impressionismus hier entstanden ist, diese Übergänge von Grau zum Gelb, dieser flimmernde Himmel mit den Wolken, da ist nichts Grelles, es strahlt, ohne das Auge zu betäuben, ist gerade so, daß es ungewöhnlich ist, aber nicht zuviel, so daß man seinen Blick davon abwenden möchte.«

Iris hörte zu und fragte und sah Cecil an, wenn er etwas sagte, und Cecil flogen die Gedanken zu, wenn er Iris ansah.

Auf dem Platz vor der Notre-Dame setzten sie sich zu Professor Bode und den anderen, ein Wirbel seines Haares stand in die Höhe, er kniff die Augen zusammen und begann zu reden. Er sah während seiner Vorträge seine Zuhörer eigentlich nie einzeln an, so daß man den Eindruck hatte, er schaue durch sie hindurch und könne die Menge der verschiedenen Gesichter gar nicht unterscheiden – für ihn gab es ein Objekt des Interesses – Paris, Notre-Dame – und eine Zuhörerschaft – Studenten –, aber hauptsächlich ging es um die Sache, um Erkenntnis und Gedanken und die Darstellung seines enormen Wissensfundus' nicht als Selbstzweck, sondern zur Vervollständigung und Vervollkommnung dieses Wissens, auch nicht um den Eindruck, den er dabei machte, um keine Selbstdarstellung und keine Eitelkeit, jedenfalls nie, wenn er über Kunst sprach: dabei trugen ihn seine Gedanken zu hoch hinauf, als daß ihn so etwas noch interessieren konnte.

Einige nahmen Papier und Schreibzeug heraus, aber Cecil wußte, daß die schnelle Aufeinanderfolge der Informationen es kaum zuließ, so mitzuschreiben, daß man sich zugleich auch noch alles ansehen konnte. Deshalb beobachtete er nur und ließ sich von der Flut der Erklärungen umhüllen. Zwischen die Sätze, die er innerlich nachvollzog, schob sich aber immer wieder die Unaufmerksamkeit, die Iris in ihm verursachte, so daß sich ihm die Geschichte von Paris in immer nur zeitweilig klar auftauchenden und dann wieder im Diffusen verschwindenden Linien darstellte. Außerdem fesselte ihn ein Mann mittleren Alters auf einer Parkbank am Rand des Platzes ihnen gegenüber, der laut und in abgehackten Sätzen mit sich selbst redete und zur Unterstützung seines Monologes krampfartig die Hände vor sein Gesicht hielt; es mutete wie der Vortrag eines Clochards an, der in einer geheimen Sprache die eigentlichen, die letzten Dinge erklärte und dazu tänzerische Bewegungen aufführte. Professor Bode und ihn verbanden eine solche Nähe, nur einige Meter trennten sie voneinander, als redeten sie im Wettstreit und wollten einander die Zuhörer abspenstig machen.

Erst als Professor Bode bemerkte, daß er seinen Vortrag über die Entstehung der Stadt in dieser Hitze, ohne daß etwas Schatten kühlte, hier nicht mehr fortsetzen konnte, einige schon unruhig hin- und herrutschten und sich mit dem Papier Luft ins Gesicht fächelten, erwachte er aus der atemlos ohne Punkt und Komma rasenden Geschichte und setzte sein verständiges Gesicht auf: »Aber wie ich sehe, ist das vielleicht für hier genug, und wir sollten nun um die Kirche gehen und sie uns genauer betrachten.«

An den Eingangsportalen sprach er über die in den Stein gemeißelten Teufel und Engel und Heiligen und davon, wie der mittelalterliche Mensch in ihren Haltungen die Vorbilder für sein Verhalten sah: »Ebenso wie wir heute unsere Gesten, unsere Art zu sprechen und zuzuhören, ja sogar die Art, Freundschaften zu schließen und wieder zu lösen, aus Filmen übernehmen, ohne daß es uns auffällt, waren dies die in Stein festgehaltenen Ideale der damaligen Gesellschaft – der Gang, die Kleidung, die stolze Haltung, der Blick –, all das läßt sich daran ablesen. Bedenken Sie, wenn Sie diese in Stein gehauenen Figuren betrachten, welche Freiheit dem Menschen überlassen bleibt, denn unsere Vorbilder ließen sich genauso starr und endgültig darstellen.«

Die Freiheit, die Professor Bode meinte, begann erst dort, wo man einen Schritt zurücktreten konnte und die Entfernung den Blick schärfte für das, was sonst im gewohnten, unfreiwilligen und alltäglichen Ritual unterging –, nur führte er das nicht in zeichenhaften Gesten aus und sprach nicht in geheimen Sprachen wie der Clochard, und Cecil fragte sich, welcher von beiden, Professor Bode oder der Clochard, einen größeren Zipfel der Wahrheit in Händen hielt.

Hinter der Notre-Dame bat Professor Bode um die Halskette einer Dame (– so drückte er sich charmant aus –) und erklärte damit die Statik gotischer Kathedralen – und daß damals doch immer mal wieder Bauten einstürzten, trotz all der für uns heute abstrusen Zahlenspiele, die bis in die letzten Winkel die göttliche Vorsehung nachahmen wollten und die am Ende durchbrochen wurden durch die in die Architektur hineingenommene Asymmetrie als Zeichen menschlicher Unvollkommenheit: einer zur Grundachse ein wenig schräg liegenden Apsis.

Die Steine strebten vor Cecils Augen in den Himmel und verleugneten schon ihren der Erde verbundenen Charakter in dem zarten Strebewerk und den geschwungenen Ovalen der Fenster. Er sagte zu Iris, als sie auf einem kleinen Zaun nebeneinander saßen: »Eine ganze Welt aus Stein, sieh dir das an, das ist aus Luft und Steinen und dem Drang in die Höhe gebaut. Das steht kaum noch auf dem Boden.«

Iris strich ihr Haar über die Schulter und antwortete nur: »Ich hätte nichts dagegen, wenn der Zaun jetzt nach hinten umkippen würde . . .«

Cecil verstand nicht genau, was sie damit sagen wollte, er fand sich nicht mehr zurecht in dem, was er glauben, und dem, was er hoffen konnte, dem, was wirklich geschah, und dem, was sich nur in seinem Kopf abspielte –, deshalb hüllte er Iris in die gleiche sich auflösende Wolke wie die Kirche, wagte nicht, die Vollkommenheit so weit zu treiben, Iris zuzutrauen, so etwas zu denken. Auch in seinem Kopf war das ganz Vollkommene zu nah an Lästerung, und ein Dämon flüsterte ihm ein, immer noch Angst davor zu haben, eine kleine Unregelmäßigkeit zu vermuten, wo in Wahrheit keine war, deshalb antwortete er nichts.

Als sie die Kirche einmal umrundet hatten und sich vor dem Eingangsportal unter die vielen mischten, die hineingingen und herauskamen, verschwand Iris; und Cecil sah sie erst, als er wieder etwas vortrat und den Platz nach ihr absuchte: Sie lief einem kleinen Papiervogel hinterher, den ein Junge von den vielen Verkäufern auf dem Platz erstanden und hatte fliegen lassen und den er nun aus den Augen verloren hatte. Dabei hüpfte sie, weil der Vogel ihr immer wieder entwischte, bis sie ihn endlich einfing und dem Jungen zurückbrachte.

In der Kirche blieb Cecil gebannt vor der Rosette stehen, durch die ein in allen Blau- und Gelbtönen changierendes Licht strömte. Er sah auf Iris, auf die Rosette und wußte: Aus diesem Augenblick gibt es keine Rettung.

Erschrocken zog er sich von Iris zurück und versuchte, dem Vortrag von Professor Bode zu folgen, aber es gelang ihm nicht, weil seine Augen immer wieder von der Rosette zu Iris wanderten und zurück, wie zu einer brennenden Verlokkung, die ihn zu sich hinzog und ihn nicht mehr freigab.

In der kurzen Mittagspause gingen sie mit Hugo und Silvia, einem kleinen blonden Mädchen mit struppigem Haar, die sich mit Iris ein Zimmer teilte, am Seineufer zwischen den Ständen der Bonquinisten spazieren. Hugo blieb ständig voller Begeisterung vor alten, angebräunten Kupferstichen stehen oder nahm vorsichtig schwere und in Leder gebundene Bücher in die Hand und hätte sie am liebsten allesamt gekauft – vielleicht nur auf Grund ihres vergilbten Zustandes, der ihn an die alten Zeiten erinnerte, in denen, wie er glaubte, es sich für einen Dandy und Bildungsbürger wie ihn gut leben ließ. Einige Male mußten sie warten, um Hugo wieder aufholen zu lassen. Mit ihm gelangten sie in enge Straßen, in denen sich Restaurants und Imbißbuden drängten. Vor den Türen und über den Verkaufstresen hinweg nötigten die Besitzer – meist Araber – sie lauthals, ihre Speisen zu probieren.

Als Cecil mit einem Baguette auf einem Hydranten saß, ging Iris in eine Telefonzelle – er beobachtete, wie sie dort stand und sich bewegte und schaute auf die Uhr, um zu prüfen, wie lange sie telefonierte.

Wen ruft sie an? Ihren Freund natürlich – aber das kann nicht sein. Andererseits – warum nicht? Wen sollte sie sonst anrufen? Ihre Eltern? Nein. Natürlich. Ihren Freund.

Iris stand in der Telefonzelle und sah, während sie mit einem Bekannten sprach, den sie hier in Paris besuchen wollte, auf Hugo und Cecil, die dicht beieinanderstanden. Sie dachte: Die beiden spinnen irgendwie. Ich finde sie ja ganz nett, aber sie übertreiben, jeder auf seine Art, der eine spricht mit Vögeln und der andere mit Büchern.

Und mit ihrem leichten Schritt trat sie aus der Zelle und ging mit Hugo, Cecil und Silvia wieder zurück zur Notre-Dame, wo auf dem Vorplatz Renaissance-Musik gespielt wurde.

»Welches Fach studierst du außer Kunst?« fragte sie Cecil, und der deutete auf die Musikergruppe mit ihren Lauten und Flöten und Trommeln und sagte:

»Musik.«

»O!« Iris war überrascht. »Und welches Instrument spielst du?«

»Gitarre und Klavier.«

»Ich habe auch Klavier gespielt, früher, es steht bei meinen Eltern.« Sie stockte, das Bild ihres Vaters tauchte vor ihr auf: eines schlanken, großen Mannes mit dichten schwarzen Augenbrauen und festem Blick, dessen volles Haar immer ordentlich nach hinten gekämmt war, der die Angewohnheit hatte, aus lauter Nervosität, wo immer er stand, mit irgendwelchen Schlüsseln in den Hosentaschen zu klimpern, und die Fähigkeit besaß, eine Atmosphäre von Eitelkeit und Elite um sich zu verbreiten, obwohl er von Freunden auch »der rote Peter« genannt wurde, seine linke Einstellung nicht verbarg und nichts mehr kritisierte als snobistische Eitelkeiten.

»Aber ich verstehe mich nicht so gut mit ihnen, und da ich kein eigenes habe, bin ich etwas aus der Übung«, sagte sie.

Ein Musiker, dachte sie, damit erklärt sich einiges. Kunst und Musik, das muß einen Jungen auf Dauer ein wenig absonderlich machen.

»Es ist seltsam«, sagte sie dann und sah zurück zu den Musikern. »Sieh dir mal an, wie die aussehen in ihren ausgebeulten Hosen und knallbunten Hemden.«

Erst als sie zu Ende gesprochen hatte, fiel ihr auf, daß Cecil das, was sie sagte, fälschlicherweise auf sich beziehen könnte. Er tat es, sah an sich hinunter, konnte aber nichts besonderes entdecken und begann sofort wieder zu überlegen, was sie gemeint haben könnte, und schwieg. Dabei hätte er nur ein Wort sagen müssen, um Iris erklären lassen zu können, daß er ihr wie ein zerstreuter Schwärmer erschien – und daß sie so etwas gerne mochte –, aber da er nichts sagte, blieb auch sie stumm, und beide ärgerten sich auf ihre Weise.

»Was machen die Girls heute abend?« fragte Phil, der nur mit einer knappen schwarzen Unterhose bekleidet auf seinem Bett lag, Cecil, der am Fenster stand und hinaussah. Er war nach dem anstrengenden ersten Tag gleich, nachdem er sich hingelegt hatte, eingeschlafen und hatte fast eine Stunde leise schnarchend dagelegen; in dieser Zeit rasierte Cecil hinter dem Paravent am Waschbecken seine spärlichen Bartstoppeln sorgfältig ab, wusch sein Gesicht und seinen Oberkörper, putzte sich die Zähne und benetzte seine Wangen schließlich ziemlich reichlich mit einem nach Moschus duftenden Rasierwasser. Er liebte diesen Geruch, wie er überhaupt Gerüche liebte und mit vielen vertraute Erinnerungen verband, die fast deutlicher waren als die Bilder und die Worte der Vergangenheit.

Er stand in einer blauen Turnhose am Fenster und dachte eben selbst daran, ob er nicht zu Iris und Silvia hinuntergehen sollte, um sie zu fragen, ob sie nicht Lust hätten, zur nahegelegenen Sacré-Coeur hinaufzusteigen.

»Ich weiß nicht. Haben sie dir etwas gesagt?«

»Nein.« Phil gähnte und streckte sich. »Aber«, fügte er hinzu und sah mit verschränkten Armen und einem behaglichen Schmatzen an die Decke, »wenn ich es recht bedenke, möchte ich am liebsten hier liegenbleiben und mich ausruhen von diesem Tag. Ich nehme an, daß das heute nur der Vorgeschmack war . . .« Er blieb mitten im Satz stecken, als fiele ihm etwas Wichtiges ein, sprang vom Bett auf und begann hektisch in seiner noch unausgepackt neben dem Schrank stehenden Tasche zu wühlen.

»Was suchst du?« fragte Cecil und zog ein T-Shirt an.

»Bode hat gesagt, daß ich morgen schon mit der Bibliothéque Nationale dran bin! Ich muß mein Referat vervollständigen! Das mir das erst jetzt einfällt! Wenn wir nicht über die Mädchen gesprochen hätten, wäre ich wohl einfach wieder eingeschlafen.« Er fand seine Aufzeichnungen, setzte sich an den kleinen Tisch, der neben dem Paravent stand, und begann zu schreiben, wobei er sich mit der Hand über seine unrasierten Wangen fuhr.

»Es scheint«, sagte er, ohne zu Cecil aufzublicken, »als müßtest du allein mit den Damen losgehen. Aber das kannst du doch auch ohne mich? Grüß sie von mir, und erzähle ihnen von meinem bitteren Los.«

Cecil lachte und suchte aus seiner Tasche ein Jackett heraus, das er, vorausschauend, mit eingepackt hatte; es war ein blau-kariertes aus zartem Kaschmir, darunter trug er ein schwarzes Hemd und an den Füßen seine schwarzen, glänzenden Schuhe. Er befeuchtete seinen Seitenscheitel noch mit Wasser und brauchte so eine ganze Weile, sich zurechtzumachen, bis Phil von seinen Zetteln aufsah und sagte:

»Ich finde es ja lobenswert, daß du so viel Wert auf dein Äußeres legst, aber wenn du noch etwas länger brauchst, sind die Girls entweder im Bett oder mit einem anderen losgegangen, und du kannst deine schmucke Schönheit nur noch mir vorführen, und ich sage nur, mir würde das zwar gefallen, aber da ich an dem Referat arbeite, hätte ich dafür nicht genug Zeit, und ich glaube, das ist auch nicht das, was du willst, Junge!«

»Wer sollte die Mädchen denn schon fragen, ob sie lieber mit mir losgingen oder mit dir oder etwa mit Hugo?« antwortete Cecil, während er zur Tür hinausging.

Als Cecil im Spiegel, der im Flur neben der Tür des Zimmers von Silvia und Iris hing, noch einmal sein Aussehen überprüfte, fiel ihm zum erstenmal der Widerspruch zwischen seiner äußeren Erscheinung und seinem Inneren auf: auf der einen Seite ein smarter italienischer Jüngling, der, wenn er wollte, einem Mafiosi gleichen konnte, und auf der anderen ein grüner Heinrich, der, ganz deutsch und ganz träumerisch, sich von den Menschen zurückzog. Er blieb eine Weile vor dem Spiegel stehen, stützte die Hände in die Hüften, schob dabei das Jackett zur Seite und nahm sich vor, an diesem Abend die Verantwortung für alles, was er tat, dem Italiener in ihm zu überlassen. – Er klopfte schwungvoll an die Tür.

Nach einem ›Herein‹ öffnete er die Tür und sah Silvia und Iris den auf den Betten ausgebreiteten Inhalt ihrer Koffer in die Schränke einräumen. Sie hielten inne und begrüßten ihn. Durch soviel Übermut in eine plötzliche Gelassenheit geraten, fragte Cecil: »Ich habe gedacht, man könnte hinauf zur Sacré-Coeur steigen, und wollte fragen, ob ihr mitkommen wollt.«

Cecil staunte über sich selbst: Das Selbstverständliche war ihm in den vielen Jahren der Träumerei nie geglückt. Eine Einladung an ein Mädchen, in das er verliebt war, war etwas Undenkbares. Allein beim Gedanken daran stand ihm früher Schweiß auf der Stirn. Er befürchtete, bei der kleinsten Berührung, dies Wunder der Begegnung zu zerstören, und er wäre der Schuldige. Deshalb hatte er sich eine schweigsame Zurückhaltung angewöhnt, die sich nicht nur auf Frauen, sondern auf alle erstreckte, und durch die er für die, die ihn nicht kannten, zunächst abweisend wirkte.

Iris sah ihn an und fühlte unvermittelt so etwas wie ein Erschrecken, das ernster war und über die Zuneigung hinausging, die sie für Cecil zuvor empfand. Cecil wurde für sie zu einem Menschen, der nicht nur mit Vögeln sprach und über Kunst schwärmen konnte, sondern zu einem Mann mit dunklen Augen und einem verhaltenen Lächeln, ein ganz vorsichtiges nur, das ihr deswegen um so verheißungsvoller vorkam, weil es kein besitzergreifendes und um Charme werbendes Lächeln war. Sie konnte sich für diesen Augenblick nichts Schöneres denken, als mit Cecil allein zur Sacré-Coeur hinaufzulaufen und weiter hinter sein Gesicht zu spähen, ob nicht noch immer tiefere und dunklere Augen zum Vorschein kämen und ein zartes Streicheln mit diesen Fingern über ihre Schulter wie in einer unbeabsichtigten Bewegung sich ereignen könnte an diesem warmen Abend – die Erinnerung an diese Berührung könnte sie dann mitnehmen, wohin sie wollte, und diese Erinnerung würde mehr wiegen als ein Kuß oder eine entschiedene Umarmung. Vom Bild dieser Möglichkeit vor ihren Augen, als sie Cecil im Türrahmen stehen sah, war sie so überwältigt, daß sie zögerte, zu antworten; Silvia kam ihr zuvor.

»Ich weiß nicht. Ich müßte noch meine Sachen auspacken und würde mich danach auch gerne ausruhen . . . Andererseits . . .« Sie sah Cecil an.

Iris kam wieder zu sich und unterbrach sie: »Ich meine, du mußt ja nicht mitkommen. Wir können auch allein gehen.« Daraufhin sagte Silvia, daß sie sich nur noch schnell umziehe und ›auf jeden Fall‹ mitkomme. Cecil schloß die Tür und wartete, bis die beiden Mädchen erschienen: Iris in einem kurzen, schwarzen Lederrock und einem violetten Hemd, ihr Haar fiel offen über die Schulter. Die Kleidung Silvias konnte Cecil in Gedanken nicht besser beschreiben als mit dem Begriff »bunt«, der ihm sofort in den Sinn kam, als er sie sah. Alles an ihr war farbig und grell bis hin zu den großen hölzernen Pinguinohrringen und ihren struppigen, strohblonden Haaren, die ihr zu Berge standen. Sie ging voraus, die Treppe hinunter, Iris folgte ihr, und Cecil sagte sich in Gedanken, daß jeder Beginn einer Geschichte doch einfacher sei als ihre Fortführung, und fragte sich weiter, ob er das, was er sich vor dem Spiegel vorgenommen und begonnen hatte, durchhielte, ob es nicht ein Sprung aus zu großer Höhe in ein zu flaches Gewässer sei.

Auf ihrem Weg hinauf zur Sacré-Coeur kamen sie an einem kleinen braungebrannten Zigeunerjungen vorbei, der auf einer Gitarre spielte und dazu sang. Vor seinen Füßen lag eine Mütze mit einigen Münzen – die meisten Passanten eilten achtlos an ihm vorüber. Sie blieben vor ihm stehen, und Cecil warf ihm einige Francs in die Mütze.

»Fällt dir auf«, sagte Iris, während sie sich dicht zu Cecil beugte und ihm ins Ohr flüsterte, »daß diese Sintis niemals nur mit dem Mund lächeln können: immer lachen dabei auch ihre Augen, anders als bei uns, wir können ein Lächeln nur vortäuschen, sie nicht.«

Sie sah Cecil an und korrigierte ihre eben noch so ausschließlich vorgetragene Meinung dahingehend, daß Cecil sicher auch immer mit den Augen lachte, wenn er lacht. Auch sie begann schon mit dem, was die Liebe am längsten und am sichersten am Leben hält: die ständige Überschätzung des Geliebten zuungunsten aller anderen; in der Reihe möglicher Eigenschaften begann Iris Eigenarten zu sehen, die er gar nicht besaß – die aber durch ihre Forderung, daß sie sein sollten, sich erfüllten: Cecil strahlte mit den Augen, ohne es selber zu bemerken.

Die kostbarsten Zeiten ereignen sich stumm und halten sich in allem so sehr zurück, daß das, was wirklich geschieht, wenig ist, und dies Wenige ist wiederum so knapp, daß es sich nur schwer beschreiben läßt; es lassen sich in allem immer nur Anfänge erkennen, Versprechungen, die sich in ihrem an die Zukunft gewandten Anspruch auch schon erschöpfen: Ein Blick über die Schulter von Iris auf ein Gebüsch, ein Blick auf ihren Minirock und die Bewegung ihrer Hand, wie sie sich an einem Geländer festhält, ein ganz kurz Iris Oberarm streifender, weicher, blauer Kaschmirärmel, der Geruch von Cecils Rasierwasser und der Blick hinauf zur Sacré-Coeur. Beide, Cecil und Iris, vergaßen Silvia ganz und überließen sie sich selbst; obwohl sie sich immer in ihrer Nähe aufhielt, war sie eigentlich für sie nicht da, sie blickten über die Dächer von Paris, die im verwirrenden Rhythmus die ganze Ebene vor ihnen erfüllten, versuchten, bekannte Orte ausfindig zu machen, und beobachteten, wie die Dämmerung sich aus der Höhe herabsenkte und das Licht, das noch hier und da hell glitzerte, in einer sanften Umarmung fast unmerklich in sich aufsog und alles in eine graue Tönung umfärbte. Genau wie Silvia gab es auch die vielen Touristen auf den Treppen für sie nicht mehr, mit ihren weißen Käppimützen, den kurzen Turnhosen und ihrem lauten Auftreten, so als gehöre ihnen zumindest auf kurze Zeit die ganze Stadt, – allein die Stimmen der Jungen, die Wasser zum Verkauf anboten, drangen durch den Abend bis zu ihnen beiden, bis auch sie verstummten und nur der Blick auf diese Stadt blieb.

All dies geschah für beide in einem Augenblick, dessen Anfang und Ende ohne Vorbereitung kam und ging – aber beide erkannten den Zauber dieser schnell vorübereilenden, zerbrechlichen Zeit.

Der Platz hinter der Kirche war überfüllt mit Malern, die ihre Werke zum Verkauf anboten und gegen Bezahlung Porträts erstellten, er war voll Neugieriger, die glaubten, daß dieser Platz, da er sich in Paris befand und mit Malern dekoriert war, etwas Künstlerisches und Inspirierendes habe, dabei waren die Porträts genau von der Art, wie man sie überall bekommen konnte, von einem vordergründigen Naturalismus mit verwischten Verschönerungen der Porträtierten, und die Gemälde erschöpften sich in demselben anekdotischen Kitsch, der auch Kaufhausbildern eigen ist. Cecil sagte sofort etwas Kritisches in dieser Art und erregte sich immer stärker, je mehr Bilder sie sich ansahen. Iris fragte ihn, weshalb die Porträts denn so schlecht seien, in einem Tonfall, als erwarte sie von ihm die Maßstäbe, weil sie selber nicht wußte, wonach sie urteilen sollte.

»Sie zeichnen Augen, ohne sich für die Augen zu interessieren, sie zeichnen Wangen mit einem schnellen Kohlenstrich, den sie mit einer Handbewegung verwischen – es geht ihnen um nichts, das ist alles leer und nur schmeichlerisch, weil es den Leuten gefallen will«, sagte Cecil in der Hoffnung, daß Iris ihn verstehen würde.

»Aber sie sind handwerklich gut gemacht. Ich könnte ein Gesicht nicht so zeichnen.«

»Nein – sie sind auch handwerklich schlecht. Ein Kopf ist eine Plastik, ein Block, wenn du so willst, mit Ausstülpungen und Einhöhlungen – und das haben sie überhaupt nicht begriffen, jedenfalls zeichnen sie es nicht: es ist ganz flach und ohne Charakter.« Silvia, deren Anwesenheit beiden wieder ins Bewußtsein kam, sagte: »Du könntest deine Bilder hier ausstellen, und sie wären alle besser als diese hier.« Da Silvia mit Cecils Mitbewohnerin befreundet war, hatte sie seine Bilder gesehen, die sein Zimmer anfüllten. Sie wußte, daß er in den Ausdünstungen des Terpentins dort arbeitete und schlief, und machte sich, wenn sie ihn besuchte, immer mütterliche Sorgen um ihn.

»Du malst . . .« sagte Iris und sah Cecil in einem wieder neuen Blick an, der ein Stück weiter in das Erschrecken ging, das sie das erste Mal empfand, als er an diesem Abend in ihrer Tür stand.

»Ja«, antwortete Cecil und sah zu Boden.

Auf den Treppen, die hinunterführten, trafen sie Hugo, der allein spazierenging – Cecil gebrauchte in Gedanken den ihm passender vorkommenden Begriff »lustwandelte« – und sich ihnen anschloß.

Iris fragte Cecil eine Weile nichts mehr, sah ihn nicht mehr an und versuchte mit Hugo ein Gespräch über die ersten Eindrücke von Paris, über das, was gerade lesenswert sei oder das, was Hugo gerade las, und der gab bereitwillig Auskunft, lachte sein Weltbürgerlachen und bewegte sich mit seiner schweren Leichtigkeit über die Treppen, von Zeit zu Zeit mit einem Stofftaschentuch, das er immer bei sich trug, den Schweiß vom Gesicht wischend. Doch Iris hörte nicht wirklich zu, sie dachte schon an das Telefonat, das sie gleich würde führen müssen, weil sie es versprochen hatte. Ihre Zweifel überwand sie endlich, indem sie sich sagte, was denn schon vorgefallen sei – zu wenig jedenfalls, um beunruhigt zu sein, zu wenig, um irgend etwas in Frage zu stellen, schließlich kannte sie Cecil eigentlich gar nicht.

Alle diese Gedanken waren noch sehr verhalten, so wenig kam ihr zu Bewußtsein, was wirklich geschehen war, und deshalb war sie sorglos und gut gelaunt, als sie in die Telefonzelle trat und ihre beiden Gespräche nach Deutschland führte, während Hugo, Silvia und Cecil draußen standen.

»Wen hast du angerufen? Na, sag es uns doch . . .« fragte Hugo spitzbübisch und charmant und wischte sich die Hände am Taschentuch ab.

»Meine Eltern und meinen Freund«, sagte Iris, und sie gingen weiter.

Der erste Augenblick einer unerhörten Begebenheit, eines schmerzhaften Schnittes in alle Sinne, der alles aufrüttelt, durcheinanderwirbelt und ungeordnet wieder fallen läßt und sich selber überläßt, gleicht, mit je größerer Macht er auftritt, desto mehr dem Scherz des Teufels, der einem auf die Schulter klopft und den Getroffenen zu einem Verbündeten macht, der am gleichen Tisch sitzt und mit derselben unverschämten Bosheit über seinen Schmerz lacht wie der, der ihn verursacht hat. Der Getroffene gewinnt, um den Schmerz bestehen zu können, nur auf diese Weise dieselbe Größe wie dieser Dämon. Ganz so grinste Cecil, während sie zum Hotel gingen, sagte nichts, sondern bemühte sich nur, nicht lauthals herauszuprusten über diese so perfekte Inszenierung des Durcheinanderwerfers, bis er in seinem Zimmer war und sich erschöpft auf das Bett legte und einfach an die Decke starrte.

Für Cecil war dieser kurze Satz von Iris ein unaufhebbares Hindernis, er dachte nicht daran, daß der Freund nichts Unantastbares sei, das unüberwindbar zwischen den beiden stehen mußte, weil er einerseits eine Zurückweisung zu sehr fürchtete, und zwar um so mehr, als der Anblick

von Iris ihn aus einem Dämmer hatte erwachen lassen und er zu einem Handeln gezwungen wurde, das ihm ganz ungewohnt war, und weil er andererseits zuviel Respekt vor diesem Unbekannten hatte, sich vorstellte, er hinge ängstlich an diesem Mädchen, so daß er, Cecil, Gefahr laufe, eine Geschichte zu stören, falls er dazwischenträte. Wenn, so redete er seiner eigenen Feigheit Argumente zu, dann mußte Iris entscheiden, er stellte überhaupt nicht in Frage, daß er nicht genug Zeichen seiner Zuneigung gegeben hatte, weil er mit anderen, viel feineren Gewichten maß und deshalb das, was anderen als Nichts erschien, schon für gewichtig und bedeutsam einschätzte, obwohl er in Wirklichkeit nach außen hin nichts gezeigt hatte.

Der erste Schock wich einem dumpfen, pochenden Schmerz, der sich unerbittlich auf seiner Brust ausbreitete und ihm das Atmen erschwerte, während er dalag. Nach einer Weile kam Phil ins Zimmer, der sich im Eingangsraum des Hotels ein Fußballspiel im Fernsehen angesehen hatte, schaltete das Licht an und sagte, als er Cecil auf dem Bett liegen sah: »Was machst du für ein Gesicht, Junge, ist irgendwas Schlimmes passiert?«

»Nein«, sagte Cecil.

»Warst du mit den Girls weg?«

»Ja«, antwortete Cecil, ohne ihn anzusehen.

Phil legte sich auf das Bett und stöhnte: »Ist das eine Hitze . . . Holland hat gewonnen . . . Interessierst du dich nicht für Fußball?«

»Nein«, sagte Cecil.

Phil griff nach einer Zeitschrift und begann sie von vorne bis hinten durchzublättern. Nach einer Weile legte er sie beiseite, wandte sich noch einmal an Cecil: »Es hört sich vielleicht seltsam an, wenn ich dir einen Rat geben will, aber, was auch geschehen sein mag, du bist jetzt hier in Paris; genieß die Tage und denk nicht daran, was nachher wird. Sonst zerstörst du dir alles nur unnötig.«

Dann stand er auf, sagte, daß er unten noch ein Bier trinken werde und verschwand. Cecil schwieg, wußte aber in Gedanken augenblicklich, daß Phil recht hatte.

Ein Gewitter zog auf, und das schwere Grollen des Donners kam immer näher, Blitze erhellten von Zeit zu Zeit das Zimmer, und Regen prasselte gegen die Balkonfenster, Cecil erhob sich, trat auf den kleinen Balkon und sah hinunter auf die Straße, wo er Iris entdeckte, die durch den Regen lief, schon ganz durchnäßt und ihr Haar – in Strähnen über die Stirn hängend – schüttelte, er zog sich an die Wand zurück und spähte vorsichtig über die Brüstung, so daß sie ihn nicht entdecken konnte. Lange ertrug er diesen Anblick nicht, er schloß das Fenster und legte sich wieder auf das Bett.

Iris liebte es, sich vom Regen durchnässen zu lassen, und außerdem war sie übermütig, eine unbestimmte Heiterkeit hatte sie übermannt und führte sie nun am Bande – sie hatte Cecils Bild und ihr eigenes vor den Dächern von Paris vor Augen als den Beginn einer Geschichte, die schon alles in sich trug, was sie sich wünschte. Sie schwankte zwischen dem Bewußtsein des schönen Augenblicks und dem Bewußtsein der Begrenztheit – sie wußte, daß nur ein paar Tage vor ihr lagen und, wie sie es auch wandte, ob als Anfang oder innerhalb enger Grenzen vollkommen und abgeschlossen, es reichte, in ihr diese Fröhlichkeit zu wecken, die sie durch den Regen tanzen ließ. Das Gespräch mit ihrem Freund war das Alltägliche, das Normale, ihr jetzt fast langweilig Vorkommende. Dies aber lag außerhalb des Alltags und Gewöhnlichen.

Als sie am nächsten Morgen am Frühstückstisch saßen, Iris Cecil gegenüber und neben ihr Hugo, begann dieser zu schwärmen: »Ich glaube, ich werde einen Roman schreiben. Ja – und dann veröffentlichen!« Er fuhr sich mit der Hand über die Stirn, um das Haar zurückzustreichen. Cecil bemerkte: »Meinst du, das sei so einfach? Ich habe eine ganze Mappe mit Absagebriefen von Verlagen, die kannst du dir gerne mal ansehen.« Iris ließ ihr Baguette auf dem Teller liegen und blickte Cecil an: »Du schreibst?« »Ja«, sagte Cecil, ohne aufzuschauen, und schwieg dann so hartnäckig, daß niemand am Tisch noch eine Frage zu stellen wagte.

Diese kurze Begebenheit war der Beginn eines nicht mehr in Tage und Nächte einteilbaren Frage- und Antwortspiels zwischen Iris und Cecil, in den Museen, auf den Treppen, vor den Gebäuden, in den Straßen, bei jeder Gelegenheit, in stummen Blicken in der Metro und in den Cafés – unterbrochen von Rückzügen und Annäherungen von beiden Seiten; mal verschwand Iris in der Gruppe ganz am Ende, mit einem immer langsamer werdenden Schritt, mal versuchte Cecil in der Nähe von Phil Schutz zu suchen, an seinen Fersen wieder zur Normalität zurückzufinden in Gesprächen über Phils Weltreise oder in den spekulativen Erwägungen und Beobachtungen, welche der vorübereilenden Pariser Frauen »schreiten« konnten, denn an dies »Schreiten« hatte Phil große Qualitätsansprüche.

Doch dies alles nur, um nach einer Weile wieder bei Iris zu sein.

Jeder Blick, den Cecil auf Iris richtete, zerfiel schon an sich in zwei: dem ersten war alles einerlei, er warf sich in den Augenblick, war ganz der Gewalt ausgeliefert, die darin bestand, niemals zu wissen, ja noch nicht einmal zu ahnen, was wirklich in Iris vorging, und deshalb jede Bewegung und jede Äußerung entweder als Gunst oder als Mißgunst zu deuten und so zwischen dumpfem Schmerz und Glückseligkeit willenlos hin und her geworfen zu werden, der andere Blick wußte, daß dies alles nur ein paar Tage dauerte und nur ein Entwurf war, eine Skizze, die jetzt angesehen werden wollte, in dieser Zeit, nicht aber für ein Bild der Zukunft angefertigt wurde. Der erste Blick war Quelle der Unmittelbarkeit, der zweite schrieb schon in Gedanken mit, merkte sich alles Geschehen und verwahrte es, vergaß nichts, während der erste mit jedem

Bild, das er sah, selbst verbrannte und nach Neuem hungerte.

In allem war Cecil nur der Empfangende, dem stets bewußt war, daß diese Frau, die dort in seiner Nähe stand, schon in den Umarmungen und Berührungen und Küssen eines anderen lebte und diese Nähe zu ihm jetzt eine Ausnahme war.

Er berührte sie niemals. Auch wenn sie es gewollt hätte. Er stand daneben und sah zu, was geschah.

Iris empfand von nun an wenig von ihrem eigenen Zwiespalt, weil sie ihn am ersten Abend im Regen für sich schon geklärt hatte und nur noch alle Begebenheiten aus diesem Blickpunkt heraus empfand – und ihnen so das Beste abgewann, was möglich war. Cecil wurde ihr nicht nur ein treuer Begleiter durch alle Museen und ein Ratgeber, der über Kunst aus einer inneren Verbundenheit heraus manchmal mehr sagen konnte als sonst irgend jemand, sondern auch ein still Zuhörender, der auf alles acht gab, was Iris sagte und tat – und das spürte sie. Dabei war ihr einziger Anlaß zur Verwunderung, der mit den Tagen beinahe in Schmerz umschlug, Cecils übertriebene Zurückhaltung, die sich darin ausdrückte, daß er sie nie auch nur an der Schulter berührte und bisweilen so tat, als stünde er gänzlich über solchem Verlangen. Das warf in ihr die Frage auf, ob Cecil entweder nichts mehr wolle – oder einfach übertrieben vorsichtig war; beide Antworten waren ihr bis zu einem gewissen Grad fremd, weil sie selbst sich anders verhielt. Sie dachte nur selten an ihren Freund und sprach fast nie von ihm, erst recht nicht in Anwesenheit Cecils – etwas, das sogar Phil auffiel, der an einem Abend zu Cecil bemerkte: »Ist dir aufgefallen, wie schnell sie die Karte verschwinden ließ, die sie hier ins Hotel geschickt bekommen hat? Ich habe sie vorsichtig darauf angesprochen, aber sie antwortete nur kaum hörbar und etwas mürrisch.«

Cecil seinerseits wagte nicht, diesem Vorfall größere Bedeutung beizumessen.

Dem Gille im Clownskleid, der im Louvre auf die Besucher hinunterblickt, standen die beiden gegenüber und den Stilleben der Holländer, bei denen Cecil Iris auf die Glanzlichter auf den Krügen und Gläsern aufmerksam machte, sie liefen an den satanischen Bildern Goyas und den fülligen Frauen Rubens' vorüber, an Ingres nackte Damen, die er mit zartgeschwungenen Linien in Szene setzt, und sie blätterten gemeinsam Hunderte von Zeichnungen Moreaus durch, auf denen es von Tieren, Pflanzen und Menschen nur so wimmelt, ›als habe Moreau sich vorgenommen, alles zu zeichnen, was es gäbe‹, sagte Cecil. Iris erlebte, wie Cecil beim Gang durch das Musée d'Orsay vom Anblick der Impressionistenbilder gerührt wurde, sie erlebte die überwältigte Freude und Begeisterung Cecils, als sie im Musée Moderne den Bildern von Matisse gegenüberstanden, und bemerkte laut, daß er in der Behauptung, Matisse sei mit Monet zusammen der größte Maler aller Zeiten, dogmatische Züge annehme, genauso wie sie sich daran erfreute, wie

Cecil vor jeder Musikalienhandlung mit Gitarren in den Schaufenstern stehenblieb, um sie zu beschreiben und zu jammern, daß er endlich wieder spielen wolle; sie fragte ihn über Warhol aus und darüber, worin der Unterschied zwischen einer elektrischen und einer klassischen Gitarre bestehe, was sie im Klang und in der Spieltechnik unterscheide, sie amüsierte sich über die Zerstreutheit, mit der Cecil ein Foto von sich machen ließ und vergaß, einen der verschiedenfarbigen Vorhänge hinter seinem Kopf zuzuziehen, so daß sein Gesicht am Ende vor einem gelb-blauen Hintergrund stand, und schließlich hoffte sie sogar, von ihm die Erklärung zu bekommen, warum Kunst überhaupt gemacht werde und was der tiefere Sinn von allem sei – und bemerkte nur, nach Cecils Antwort, daß es alles schwierig bleibe.

Sie stand bei strömendem Regen mit Cecil in einem Pavillon, wo die ganze Gruppe Schutz gesucht hatte, und hielt in kindischer Freude ihre nackten Beine unter einen Wasserfall vom Dach, während das Wasser sich in Bächen sammelte und überstürzend abfloß. Sie sagte Cecil, daß die Jungen, die vielleicht Elf- und Zwölfjährigen, die dort mit ihnen warteten und dann doch hinaus in den Regen liefen, um ihn bis auf die Haut zu fühlen, einen unvergleichlichen Charme hätten, der leider mit dem Älterwerden verfliege. Und Cecil stand dichtgedrängt neben ihr und berührte sie so gezwungenermaßen, und ihm war dies schon ein Flügelschlag und ein Kreisen in den Höhen. –

Iris machte in der Metrostation das Gurren der Tauben nach, so wie Cecil es immer tat, wenn eine vorsichtig an ihm vorüberlief, und Iris sagte, zurück im Hotel, daß sie es schade fände, daß Cecil nicht die Dusche in ihrem Zimmer benutze – und statt dessen sich beim Pförtner immer einen Extraschlüssel geben ließ zu einer Dusche im Flur; doch Cecil nahm das Angebot nicht ernst, faßte es als Spaß auf, obwohl es keiner war.

So nahmen beide Paris in all seinen Farben in sich auf, füllten die Bilder und Gebäude, die sie betrachteten, noch um den Anteil zur Vollkommenheit, den das Eingebundensein des anderen darin ausmachte, und erweckten alles zum Leben, machten aus allem etwas Besonderes und Aufhebenswürdiges. Wäre Paris sonst nur eine aufgeblasene Rarität geblieben, wurde es durch alle Flut des nur Sehenswürdigen hindurch wieder zum Original, zum ersten Atemzug, zum Ganzen.

Am Vorabend der Abfahrt saßen beide am Tisch neben der Rezeption, allein, einander gegenüber und versuchten, die Fülle dieser sieben Tage in Worte zu fassen, in Bezeichnungen der Architekten und Maler, sich gegenseitig an das eine oder andere erinnernd, und brachten doch nur einen Flickenläufer zustande, der durch die Assoziationen, die beide an die Namen knüpften, zu einem schönen großen leuchtenden Teppich wurde. Mit jedem Wort, das sie in die Liste einfügten, vergrößerte sich dieser, und Cecil geriet immer mehr in Eifer in seinem Bemühen, noch etwas hinzuzufügen, so wenig genügte ihm die

Menge der Namen und so übervoll erschien ihm die vergangene Zeit, bis er endlich erkannte, daß, so viele Worte er auch noch aufschrieb, sie doch niemals ganz das beschreiben konnten, was er meinte, so daß er es aufgab, den Zettel zur Seite legte und Iris ansah.

Er fragte sie, ob sie beide noch einmal spazierengehen sollten, vielleicht zu einem Café, und sie stimmte zu, und so gingen sie noch einmal, wie am ersten Abend, nur daß sie dieses Mal allein waren. Sie setzten sich draußen an einen Tisch, Cecil bestellte für beide Wein, und sie tranken. Nachdem sie eine Weile einfach so gesessen hatten, schlug Iris ein Spiel vor, das ihr gerade in den Sinn kam: Cecil sollte Iris und Iris sollte Cecil mit einem Gebäude vergleichen.

Er blieb stumm, weil ihm nichts einfiel und weil er zu verblüfft war, und deshalb begann sie: »Du bist ein großes Gebäude, in dem sich immer wieder neue Gänge auftun, die man nicht vermutet hätte, als man hineinging – und lange Räume und eine verwirrende Anzahl von Sälen und Fluren, durch die zu spazieren . . .« Sie machte eine weit ausholende Bewegung mit der Hand, und ihrem Blick war anzusehen, wie deutlich ihr dieses Bild vor Augen stand. Und als würde ihr jetzt erst bewußt, was sie da laut ausgesprochen hatte, verstummte sie plötzlich, hielt die Hand vor den Mund, starrte auf das Glas und fügte hinzu: »Ich glaube, ich habe zuviel getrunken . . .«

Cecil sah schweigsam zu Boden, er konnte nichts denken, nichts sagen; er wiederholte in

Gedanken nur immer wieder diesen Satz: »Du bist ein großes Gebäude, in dem sich immer wieder neue Gänge auftun . . .«

Sie gingen schweigsam zum Hotel, wünschten einander eine gute Nacht und verschwanden in ihren Zimmern.

Die letzten Berührungen von Iris trafen Cecil nur noch wie einen durch zuviel Schönheit Trunkenen und zuviel Leid Ausgezehrten, der in einem einzigen Zug mehr Leben genossen hatte, als in den Jahren zuvor an ihm vorübergegangen war, sie trafen ihn, und er schaute ungläubig dabei zu: In der gleichen leichten Art, wie Iris am ersten Abend im Regen lief und Cecil sie vom Balkon aus sah, sandte sie ihm noch bis zuletzt Zeichen der Zuneigung, ohne daß er darauf antworten konnte.

An der Bushaltestelle, an der sie warteten, um am nächsten Tag zum Bahnhof zu fahren, nahm Cecil seine Wochenkarte in den Mund, um eine freie Hand zu haben, irgendeine Sache einzustekken; Iris, die neben ihm stand, zögerte nicht, nahm ihre Karte ebenfalls in den Mund, und beide schnäbelten spielerisch wie Vögel mit den Karten; dabei kam sie Cecil mit dem Gesicht so nah wie nie zuvor, er sah ihre Augen, die Wangen und das Haar und spürte diesen Anblick durch den ganzen Körper und befürchtete, die Besinnung zu verlieren. Der Bus kam, sie stiegen hinein. Alles ging so schnell, daß, als es vorbei war, Cecil schon nicht mehr daran glauben konnte und vermutete, alles sei eine Halluzination gewesen, die nur in seinem überreizten Hirn stattgefunden hätte. –

Obwohl der Platz neben Cecil im Zugabteil besetzt war – eine Tasche lag darauf –, nahm Iris sie einfach herunter und setzte sich neben ihn mit den Worten: »Ich sitze!« Sie saßen dichtgedrängt, so daß sich die Hitze im kleinen Raum staute; während sie sich Luft zufächelten, fuhr der Zug los.

Iris sagte: »Ich kann mir nicht vorstellen, daß wir alle in die gleiche Stadt zurückfahren – und uns mit den Worten verabschieden: Schreib mal eine Karte, wenn du dich noch an mich erinnerst. Aber am Montag sehen wir uns ja in der Vorlesung wieder!«

Cecil fügte in Gedanken hinzu, daß das Unglaubliche daran das sei, daß sie nicht mehr die gleichen seien, aber so tun müßten, als habe sich nichts verändert – er wußte, daß diese Tage für beide nur innerhalb der Grenzen von Abfahrt und Rückkehr soviel wiegen durften und danach zu einem verschwiegenen, nicht laut auszusprechenden Eigentum jedes einzelnen werden mußten.

Sie fuhren am Morgen aus Paris ab, fuhren den ganzen Tag und kamen am Abend an – die Zeit im Abteil dehnte sich und preßte sich für Cecil zusammen, je nachdem, ob er gerade mehr acht auf die eintönig vorbeifliegende Landschaft gab oder auf Iris, die neben ihm saß, auf ihre Beine, die manchmal wie zufällig die seinen berührten, oder aus den Augenwinkeln den Anblick ihres blauen Tuches in sich aufsog, mit dem sie ihr Haar über der Stirn nach hinten gebunden hatte, ihre Nasenspitze mit einem Seitenblick ansah oder die kleine Oberlippe.

Iris dachte an die Goldschmiedelehre, die sie jetzt beginnen wollte.

Als alle, außer Cecil und Iris, aus dem Abteil gegangen waren, um einen Kaffee zu trinken, saßen beide schweigend da, bis Iris sagte: »Ganz schön unbefriedigend hier, was?«

Der letzte Rest von Gedanken, die Cecil noch klar zu formulieren in der Lage war, wurde durch diesen kurzen Satz gleich den Splittern eines Kaleidoskops mit einem Windhauch in die Höhe getragen und in alle Richtungen verteilt, duftige Blumenblüten mit skurrilen Köpfen tanzten vor seinem Kopf, und das Rattern des Zuges gab einen stampfenden Takt zu dem bunten Farbenspiel.

Er sagte abwesend »Ja« und hielt sich an den Lehnen fest.

Iris erwartete nun nichts mehr von Cecil, gab sich einverstanden damit, daß er ein scheues Wesen sei oder aber nicht mehr von ihr wollte – jedenfalls von ihrer Seite war sie es müde und gab auf. Noch einmal, einen kurzen Augenblick lang, dachten beide, daß sich das Blatt noch wenden und alles sich anders fortsetzen könnte, als es so vorhersagbar sein Ende fand mit der Ankunft des Zuges in Deutschland – doch dieser Augenblick ging vorüber, ohne daß sie ihn nutzten, und ohne daß beide die Möglichkeit einer Wahl für die eine oder andere Seite hatten, es ereignete sich einfach so, und nichts in aller Welt hätte etwas daran ändern können, denn sonst wäre das Pendel anders ausgeschlagen.

Cecil und Iris standen am Abend auf den Treppen des Bahnhofes, an der gleichen Stelle wie bei der Abfahrt, während alle anderen schon gegangen waren. Iris legte ihre Tasche ab und wandte sich zu Cecil: »Was soll ich denn jetzt machen hier in dieser Stadt? Keine Ausstellungen, keine Museen, kein Professor Bode, dem wir auf seinem Weg durch die Stadt folgen können, keine Hitze, in der wir den ganzen Tag laufen und schauen und laufen und schauen . . .« Nach einer Pause fügte sie hinzu: »Wo wohnst du eigentlich?«

Cecil nannte seine Adresse.

Und genau in diesem Augenblick nahm Cecil beides wahr, was sich ereignete und was sich ereignen könnte: er sah scharf und deutlich Iris und sich selbst einmal so, wie sie hier standen, wie er selbst fast bewegungslos und starr nach vorne blickte und wie Iris langsam den Riemen ihrer Tasche wieder über die Schulter legte und er die Möglichkeit vorübergleiten ließ, sich ihr zu nähern und sie in den Arm zu nehmen, und zugleich sah er, wie sie sich in die Arme schlossen, spürte seine Wange an der ihren und sah sich mit der Hand über ihren Rücken streichen; beides war gleich möglich, und beides trennte nur ein Hauch, ein Nichts eigentlich.

Iris nahm ihre Tasche und ging die Straße entlang, während Cecil in ein Taxi stieg und nach Hause fuhr.

Sie begegneten sich noch ein letztes Mal vor den Semesterferien im Seminar bei Professor Bode.

Iris sagte kein Wort des Abschieds. Sie ging in die helle Mittagssonne hinaus, und Cecil sah ihren Pferdeschwanz auf ihrem Rücken auf- und abwippen.

Nach den Semesterferien erfuhr er zufällig, daß Iris ihre Zwischenprüfung gemacht hatte und in eine andere Stadt gezogen war.

Enrico Pellegrino (geb. 1968)
Foto: Wolfgang J. Dietrich

Hartwig Struckmeyer
Die Melancholie des Unerfüllten

Es gibt nicht viel zu sagen zum Autor:

Enrico Pellegrinos Vater ist Italiener, seine Mutter Deutsche; er ist italienischer Staatsbürger.

1968 wurde er in Bremen geboren, ist dort aufgewachsen und zur Schule gegangen.

Den Künsten von Kind an zugetan, studiert er Kunst und Musik. Er schreibt, seit er schreiben kann, hortet – wie viele vor und neben ihm – Bände von Manuskripten: Lyrisches, Dramatisches und Episches, Fertiges und Unfertiges, Materialsammlungen.

Veröffentlicht ist bisher weniges: Gedichte, Essays, kleine Geschichten. Iris ist der erste größere Text, mit dem er sich vorstellt.

Das kleine Werk besticht durch seine Geschlossenheit, den unmittelbaren Erzählton und das Thema einer Liebesgeschichte ohne Begebenheiten, die so aus dem Reigen bekannter Liebesgeschichten herausfällt.

Von zusätzlichem Reiz ist, daß Enrico Pellegrino seinen Text selbst illustriert hat.

»Iris ist Paris. Warum wacht Paris nicht auf und fragt: Wo ist Iris?«

Iris ist für Cecil alles, Cecil ist für Iris eher ein Rätsel. Der Student und die Studentin auf einer Kunstexkursion in Paris sind ineinander verliebt,

Cecil mehr als Iris, und sie erleben Paris, als wenn es nur für sie beide da wäre.

Die Geschichte wirkt leichtfüßig im Rhythmus des Erzählens. Unprätentiös in ihrer Sprache entfaltet sie das filigrane Netz der Verstrickungen, in dem Iris und Cecil sich fangen, weil sie sich nicht aus den Abläufen der Studienreise einer Gruppe von Studenten und Studentinnen lösen können.

Die Geschehnisse des Alltags einer Exkursion – die Brücken der Seine, der Louvre, das Centre Pompidou, Notre-Dame, Sacré-Coeur – verweben sich unauflösbar mit den Gedanken, Zweifeln, Wünschen, Traurigkeiten und Erfüllungen ihrer Zuneigung, ohne daß sich etwas Ungewöhnliches ereignet. Alle Situationen und Gespräche bleiben undramatisch. Nichts, was Iris und Cecil tun, überspringt die Grenze ins Eindeutige, ins unausweichlich nur sie beide Betreffende. Entscheidendes wird nicht gefragt und nicht gesagt. Beide handeln, denken und fühlen aus den Unsicherheiten möglicher Interpretationen des Alltäglichen.

Der vermeintliche Hintersinn der Situationen und Zufälle läßt das Verhältnis beider zueinander in der Schwebe. Eine Liebesgeschichte ohne Meinungsverschiedenheiten, ohne Auseinandersetzungen, ohne Streit, weil es dafür keine Wirklichkeiten gibt. Denn Cecil und Iris treffen sich nicht. Sie leben in den Vorstellungen voneinander, die sie so oder so bestätigt finden und die eben die Alltäglichkeit für sie zum Ereignis der Liebe werden läßt. Der Leser weiß, weil der Erzähler ihm dies mitteilt, wie nahe sich die beiden sind, und wartet auf die Situation, in der sie es unmittelbar selbst erfahren. Diese Situation bleibt aus.

Und dieser Schluß läßt dann auch den Leser im Unklaren darüber, was Realität, was Vorstellung ist, zumal der Erzähler weithin aus der Perspektive Cecils berichtet und die Erzählung mit der Klage Cecils beginnt.

So ist Iris eine Liebesgeschichte Cecils, wobei nicht ausgeschlossen werden kann, daß es auch eine Liebsgeschichte von Iris ist.

Subtile Beobachtungen, Beschreibungen und Reflexionen durchdringen und verbinden sich zu der impressionistischen Darstellung eines Geschehens ohne Schwere. Selbst Klischees, nämlich Liebe mit Paris in eins zu setzen und Kinder unterschiedlicher Herkunft sich finden zu lassen, sind so in die Stimmigkeit und Dichte der Erzählung eingebunden, daß sie ihre Qualität nicht in Frage stellen.

Nebensächlich ist der biographische Aspekt; und unangemessen wären Hinweise auf literaturgeschichtliche Bezüge, die ohnehin auf der Hand lägen. Das verstellte eher den Blick darauf, daß es gelang, die Atmosphäre einer Begegnung voll Zartheit, Scheu und Unsicherheit poetisch einzufangen und in der präzisen Formulierung der Situationen, Gefühle und Gedanken den Zauber des Indirekten und des Nicht-Eindeutigen entstehen zu lassen.

Was am Ende bleibt, ist die Melancholie des Unerfüllten.